家族を紡いで

白熊《しらくま》・繁一《しげかず》

道友社

はじめに

ぼくは子どもが大好きです。

子どもたちは、全身で笑って泣いて、いつもキラキラ光っています。

時には、じだんだを踏んで大人を困らせても、どうしようもない問題を投げかけて親を悩ませても、やっぱり子どもたちは輝いています。

そんな子どもたちと一緒にいると、「生きている」という感動にたっぷり浸《ひた》れます。だから、子どもがたまらなく好きなのです。

ぼくたち夫婦は、里親を始めて十一年になりました。

東京都は、里親制度や養育家庭についてもっと知ってもらおうと、また、里親になってみたいと思う人に実際の養育家庭の状況を知ってもらおうと、「養育家庭体験発表会」という行事を毎年開催しています。

ぼくも何度か依頼を受けて、つたない体験と下手《へた》な話ながら、その役を務めさせていただきました。

数年前、ある会場でその行事を終え、ロビーに出たとき、見知らぬご婦人から声をかけられました。

「里子さんたちとの楽しそうな家庭の様子が目に浮かぶようでした。ぜひ、いつか本にしてください」

そんな内容のお話でした。

ぼくは、日ごろから里親や保護司として、子どもたちや青少年たちと出会う機会をたくさん持ち、彼らと過ごす時間や会話をとても大切に感じています。そして、その時々の状況を手帳にメモしています。

はじめに

子どもたちの姿や心の軌跡を記した手帳も、いつしかいっぱいになり、この機会に詩とエッセーにまとめてみることにしました。「いつか本に……」と言われた言葉も、メモするたびに心に浮かんでいました。

この本のなかには、テーマパークへ行ったり、特別なことをしたりしたときの景色は一つもありません。さりげない日常の、ありふれた場面に散りばめられた、子どもたちとぼくたち夫婦との心の情景です。

文中に記すように、しあわせとは、特異なものや、はるか彼方《かなた》に追い求めるものではなく、身近にいっぱいころがっているもので、それに気づくことが本当のしあわせの姿だと、ぼくはいつも思っています。

虐待や家族の崩壊をはじめ、児童・青少年に対する過酷なニュースが後を絶ちません。家庭を失った子どもたちも、いつの日か家庭を持つときが来るでしょう。そのときに、家族をあたたかく包んであげられる、大きなのように、家族が一人ずつ増えていきます。そして子どもたちが、社会という大きな布のような人になってほしい。里親とは、その布を織るための糸紡《つむ》ぎのようなものではないかと思います。この本は、そんな思いから「家族を紡いで」と題しました。

十一年間の記録ですので、わが家に迎えた子どもたちも、ずいぶん大きくなりました。文中の景色には、その時々の懐かしさもありますが、あらためて新鮮さも感じています。

現代の子どもを取り巻く社会の姿を背景に浮かべながら、子育て中の仲間、これから子育てに取り組む方、はるか昔の子育てを懐かしく思い出してくださる人生の先輩など、多くの方々にお読みいただければ幸いです。

なお、文中の子どもたちの名前は、すべて仮名です。

家族を紡いで　もくじ

第8章 抱きしめて…… 143

第9章 亡き父に教わったこと…… 159

カバー・本文イラストレーション
遠藤真千子

第1章

しあわせ

おかえりなさい

「おかえりなさい」
今日からぼくが　お父さん
今日からわたしが　お母さん
今日からここが　きみの家
だから
「こんにちは」じゃなくて
「おかえりなさい」

ぼくたちは、里子を受託したそのとき、「おかえりなさい」と言って迎え、子どもたちを抱きしめます。

初めての里子・正夫《まさお》（三歳）を迎える日の前日、「明日、何と言って正夫を迎えようか」と、夫婦で話をしました。せっかくの出会いに、「こんにちは」ではなんだか水くさいし、「いらっしゃい」ではお客さんみたいです。ずっとずっと考えて、「おかえりなさい」と言って迎えようと、そう夫婦で約束しました。

そして翌日、すがすがしい青空のもと、「おかえりなさい」と正夫を迎え、抱きしめて、ぼくたちの里親一日目が始まりました。

生きとし生けるもの、目には見えないけれど、生命はきっと、みんなつながっているはずです。ましてや、里子としてぼくたちのところへ来る子どもたちとは、太い糸、強い絆《きずな》でつながっているに違いありません。

この日から、わが家へ迎える子どもたちはみんな、「おかえりなさい」
と言って抱きしめています。

小さな袋

正夫の個人の持ち物として
手渡された小さな紙袋
今日使う分の紙おむつが２枚
パンツが２枚
ブロックのおもちゃ１袋
あまりに軽い正夫の持ち物に
受け取った体が揺らぐ

でも　正夫には笑顔がある
尊い命がある
そして　ぼくたちがいる
こんな小さな袋に
負けてなるものか

施設で親子になるための交流を重ね、いよいよ受託の日を迎えました。妻が正夫を胸に抱き、ぼくが正夫の荷物を受け取りました。小さな紙袋に入った、わずかばかりのもの。人生の大きな重荷を背負った正夫の、小さな持ち物。その対比に、しばらく言葉が出ないほど愕然《がくぜん》としました。

でも、そっと正夫に目をやれば、無邪気《むじゃき》な笑顔と、透《す》き通る瞳《ひとみ》がそこにありました。正夫の本当の財産は、この小さな紙袋ではなく、笑顔と、瞳と、尊い命なのだと思い直しました。

この世界は、見えるものと見えないもので成り立っています。見えるものだけに心を奪われると、見えないものの尊さを忘れてしまいます。見えないものの価値に気づくと、見えるものだけにしばられて生きることの、むなしさが分かります。

命・心・愛・空気・時・風の音・夢……

子どもたちと一緒に、見えない世界を感じ合いたい――そう思います。

それが人としての本当の財産なのだと、分かり合いたいのです。

アンパンチ

アンパーンチ
アンキーック
小さな体が力いっぱい
ぶつかってくる
パンチでもいい
キックでもいい
たくさんたくさん
さわりにおいで

三歳の里子・正夫は、受託後ほんの少しの間、どういうわけか、ぼくに近づきませんでした。手を差し出せば払いのけるし、抱っこをしようとしても嫌《いや》がりました。

しばらくして、そんな正夫と触れ合うことができる、ひと時を発見しました。それが、アンパンマンごっこです。

「アンパーンチ」「アンキーック」と言って、ぼくに飛んできます。パンチでもキックでも、正夫がぼくに触れてくれることをうれしく思いました。ばいきんまんになったぼくは、アンパンマンの正夫をつかまえて、そして抱きしめて、そっと涙を流しました。

その正夫も、もう小学三年生。アンパンマンごっこは卒業しましたが、ぼくのひざには、いまだに座りに来ています。

かたつむり

公園で
かたつむりを発見
「これは　おとうさん
　こっちが　ぼく」

小さな心に
つながりが見えてきた
心に家族が芽生えてきた

七月の雨上がりのある日、正夫と近くの公園へ行きました。

水たまりの残る草むらで、正夫がじっと何かを見つめています。かたつむりでした。

このごろ、虫や動物を発見するたびに、「おとうさん、おかあさん、おじいちゃん、おばあちゃん、おねえちゃん……」と指をさします。

子どもと家族を紡《つむ》いだら、もう心のなかには、しっかり家族ができています。

かたつむりの親子も、ほのぼのと家族を紡いでいるようです。

はじめて

はじめて甘えた「おかあさん」
はじめて叫んだ「おとうさん」
お互いにうれしくて
駆け寄って
抱きしめて
涙があふれた

腕のなかで

見つめる瞳《ひとみ》に
また　涙があふれた

受託した子どもたちが、「おとうさん」「おかあさん」と、ぼくたちを呼んでくれる瞬間があります。

そんなときは、言葉なんていりません。何も言わずに駆け寄って抱きしめます。

実を言うと、ぼくはとても涙もろく、こんなときは、うれしくてうれしくて、涙が堰《せき》を切ったように流れます。小さな出来事ですが、一つひとつのうれしさを積み重ねながら、確かな親子に育っていきたいものです。

三輪車

雨に打たれた三輪車
小さなきみに
傘をさしてもらった三輪車
さびが出てきた
ちょっと古い三輪車
だけど　いま
きみとの出会いを喜んでいるだろう
雨が上がって　きみを乗せる三輪車は

きっときみを
しあわせに向かって
走らせてくれるだろう

ある雨の日、後ろから見たら、黄色い傘と青い長靴しか見えないような正夫が、ぬれそぼる三輪車に自分の傘をさしかけました。

雨は小さな正夫を容赦《ようしゃ》なく濡《ぬ》らしますが、正夫は、振り向くと、笑顔でぼくに飛びついてきました。

「かさ、さんりんちゃにかしてあげたよ」と言って。

三輪車の雨だれが、うれし涙のように見えました。

しあわせ

朝、目が覚めると、鳥の鳴き声が聞こえてきます。

のどを通るコップ一杯の水が、とてもおいしい！

生きている！　うれしい実感です。

おかげさまで今日も、新しい朝を迎えられました。


「おとうたん、おはよ」

「おはよう、おかあさん」

と、子どもたちが次々に起きてきます。

こうして、わが家の一日が動きだします。

子どもたちと楽しい会話をしながら、おいしくご飯もいただけました。

何げない平凡な毎朝の光景ですが、じんわりと心にしあわせを感じます。


人は、しあわせを探して生きていくといわれますが、しあわせも喜びも、実は、身のまわりに数えきれないくらい、たくさんあります。

しあわせとは何か、喜びとは何かと尋ねられたら、身のまわりに余りある、そのことに気づくことだと、ぼくは思います。


ぼくは時々、夕食を食べながら、子どもたちに尋ねます。

「今日、朝起きてから今まで、良かったなあ、うれしかったなあと思ったことを聞かせて?」

子どもたちは、

「◇ちゃんと、☆ちゃんと、□君と、○っちと遊んだんだ。楽しかったよ」

「おかあさんと、＋×÷へお買い物に行ったんだ。アイスクリーム買ってきたんだよ」

と、その日にあった出来事のなかから、良かったこと、うれしかったこと、楽しかったことなどを、たくさん聞かせてくれます。

それを聞いていると、わが家の健康としあわせを、しみじみ感じるのです。


ある日、入院していた正夫の友達が退院しました。正夫はその日の一番良かった出来事として、そのことを話してくれました。日々、良かったことを探していたら、いつの間にか人の喜びを自分のこととして感じる力を持てるようになりました。

ささやかなうれしさ、人の喜びを感じることができる人こそ、しあわせな人ではないでしょうか。そんなしあわせな子どもたちと、たくさんの喜びに気づき、うれしい一日を積み重ねています。

第2章

街の掃除をしながら

ルームミラー

ほんの少し
ルームミラーの角度を下に向ける
チャイルドシートに身をゆだねた
子どもの寝顔が映り
安らかな寝息が聞こえる
ほっこりと気持ちがあたたかく
顔がゆるむ

ルームミラー
安らぎの角度

時々、家族でドライブをします。子どもたちは、自動車に乗るのが大好きです。後部座席に備えつけたチャイルドシートに座り、大きな声で話をし、歌を歌って、大はしゃぎです。でも、そのあとは決まったように、すやすやと眠ってしまいます。

ほんの少し、ルームミラーの角度を下に向けると、なんとも安らかな寝顔がそこにあります。「気をつけてね」と、小さく言う妻の声に、「うん、大丈夫だよ。安らぎの角度だから」と、静かに笑って答えます。

おっぱい

ふくよかな母体に抱かれた乳児が
乳房に顔をうずめる
乳児をいとおしく見つめる母親
あたたかい母と子

古き名画が
「赤ちゃんを抱いてあげて」
「こうして抱きしめるのよ」

と教えてくれている
ある美術館にて・・・

「おかあさん、おっぱいっておいしいの？」

ある日、正夫が妻に聞きました。

「飲んでみる？」

妻は、正夫に言いました。

正夫は、コクンと小さくうなずきました。

妻は、ちょっと大きな赤ちゃんを胸に抱き、そっと正夫の口に乳房を含ませました。もう、おっぱいは出ないけれど、正夫には生まれて初めての

「おかあさん」のおっぱいでした。
正夫のピンク色に染まったほっぺに、しあわせを見つけ、妻の乳房に、
里親の覚悟を見つけました。

命のつながり

「めだかさん　おはよう」
「こっちへおいで　めだかさん」
「ごはんだよ　いっぱいたべてね」
きみが水槽に顔をつけると
めだかがつぅーっと寄ってきて
きみの鼻をつっついた

「今日も暑かったなあ」

「さあ　たっぷり水を飲みなさい」
おじいちゃんが盆栽に水をやる
葉っぱがきらりと輝いて
おじいちゃんにおじぎをした

ぼくの父は、盆栽や花壇の草花をこよなく愛し、寸暇を惜しんで、その世話に心を傾けました。

ある夏の日の夕方、父は「きれいな花を咲かせてくれてありがとう」と、ひと鉢ひと鉢の植木に声をかけながら水をやっていました。

父は、そばにいたぼくに「生きているのは人間だけやない。動物も植物も一生懸命生きている。人間も、人さんから声をかけてもろうたら、うれしいもんや。この植木たちも一緒や。うれしい言葉をかけてやったら喜んで、また明日、きれいな花を咲かせてくれるやろう」と話してくれました。めだかも虫も動物も、木も草も花も、みんなみんな生きています。一生懸命生きています。ぼくたちと同じ、地球に生かされている命です。

めだかに話しかける子どもや、草花に声をかける父は、命のつながりを感じる力を持っているようです。

虐　待

親だからといって
子どもを傷つけていい
そんな理由はどこにもない
子どもだからといって
親に傷つけられなければならない
そんな理由もどこにもない
虐待は　人を傷つけ
心を破壊し　人生を潰《つぶ》す

虐待は　連鎖の怖さも併せ持つ
いつかだれかが止めないと
また　次の子どもへと
虐待は　つながってしまう
だから　いま
ぼくたちと一緒に止めよう
さあ　おいで
抱きしめ合って
つらい鎖のつながりを断とう

二十歳の有美《ゆみ》がやって来て、ぼくに心の風呂敷を広げました。

トレーナーの袖《そで》をめくると、真っ白い腕には、無数のリストカットの傷《きず》痕《あと》がありました。

袖をもう少し上までめくりました。そこには、たばこの焼き痕がありました。幼いころ、父親から受けたと話してくれました。

ぼくは、両方の傷痕を両手で包み、泣きました。しばらく涙が止まりませんでした。

有美も泣きだしました。小さな声で、「私のために泣いてくれてありがとう」と言って泣きました。

街の掃除をしながら

ぼくは日曜日の朝などに、わが家の子どもたちを誘って街の掃除に繰り出します。吸い殻、空き缶、コンビニの弁当殻……、ありとあらゆるもので、瞬《またた》く間にゴミ袋は、いっぱいになってしまいます。

掃除を始めたころ、子どもたちは、なぜぼくたちがしなければならないのかと、いぶかっていました。でもいまは、われ先にと、ほうきやちり取りを持って外に出るようになりました。

あるお天気のいい日、いつもの場所から、さらに近くの公園まで足を延ばしました。すると、子どもたちが大好きな砂場にまで、たばこの吸い殻やゴミが散乱しています。周りを見渡せば、点字ブロックの上に自転車が止められています。歩道には自動車が乗り上げられています。ついつい、ため息をつきそうになりました。

そんな光景を目の当たりにして、ぼくたちが生活する社会を振り返ります。電車やバスのシルバーシートを占拠する若い人々。車の窓から放り投げられる、火がついたままのたばこ。分別しないゴミ。満員電車のなかでの、ミュージックプレーヤーの大きな音漏れ、はばかりのない化粧、大股開きの新聞開き。そして、あいさつのない社会……。

いったい日本は、この社会は、どうなってしまうのだろうかと、お天気とは裏腹に、暗い気持ちになってしまいました。

そんなぼくに、「おとうさーん、今日はあの、さくらの木まで行こうよ」と、子どもたちが大きな声をかけてくれました。われに返ると、子どもた

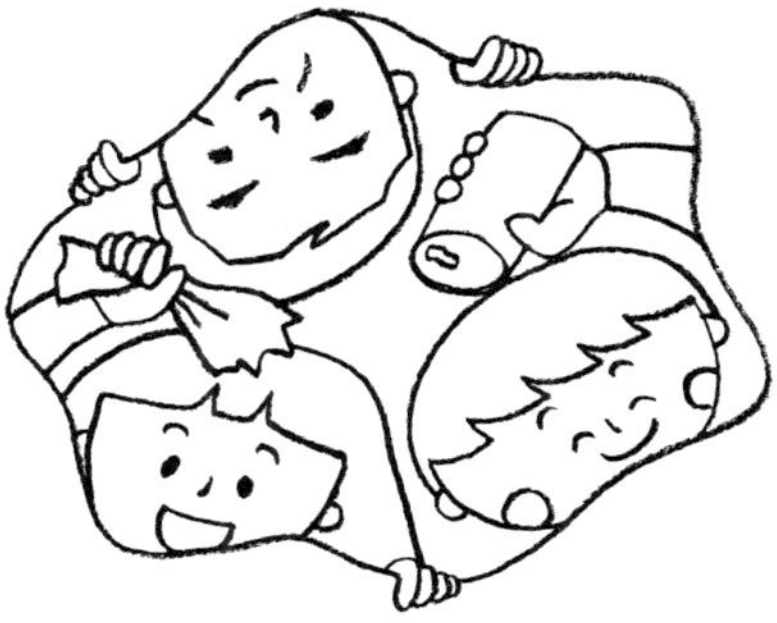

ちはまだ一生懸命にゴミを集めてくれています。

しばらくすると、子どもの友達がやって来て、その友達も掃除に加わってくれました。また、近所のおじさんやおばさんが、子どもたちに「ありがとう」「ごくろうさま」と、声をかけてくれました。悪い習慣の伝播《でんぱ》は速いものですが、良いことだってちゃんと伝わっていくことを確かめました。

真っ青な空にふさわしく、街がきれいになりました。帰り道、「きれいになったね。気持ちいい！」と、子どもたちの元気な声が、空に、街に響きました。

第3章

めだか

ブランコ

真っ青な空に真っすぐ伸びる
小さな足
大空に広がる
はじける声
青空も　白い雲も
そよぐ風も　遠い山も
みんな　みんな　うれしそうだ
ブランコも

キーコ　キーコって
笑ってる

子どもたちはブランコが大好きです。背中を押してやると、青空に子どもたちが浮かび、はしゃぎ声が広がります。無邪気《むじゃき》な笑い声の子どもたちを、お日さまや、空や、雲や、山や、風が、守ってくれています。
子どもたちのはしゃぎ声を浴びると、なんだかぼくまで大自然に守られて、とても元気になる気がします。

ブランコ

子育て

時には優しく
時には厳しく
子育ては本当にむずかしい

時には優しく
時には優しく
つい
そんな子育てになってしまう

ぼくの子育ては
甘やかしすぎだと叱《しか》られる
でも本当は
まだまだ優しさが足りないと思っている

叱るべきときは、きちんと叱ります。ごまかそうとしても、決してひるみません。うそも決して許しません。

でも、叱ったあとには、「よく分かったね」「『ごめんなさい』が上手《じょうず》に言えたね」と、思いっきり抱きしめます。

甘えたいときには甘えさせ、ひざに座りたいときには、しっかりとひざを提供します。

親に抱いてもらえる時期、ひざに座って甘えられる時期なんて、あっという間に通り過ぎてしまいます。

せっかく結ばれた親子です。どんな時間も全部、大切にしたいのです。

きみと出会えて

「お父さんとお母さんのところに
　来られてしあわせね」
ある方が　子どもの頭をなでながら
そう言った
でも　ぼくたちは
「きみが来てくれてしあわせだ」
と思っている
いつも

里親をしていると、さまざまな方に「大変ね」「偉いですね」とか、「しあわせな子どもたちね」などという言葉をかけていただきます。とてもありがたく思っています。

でも本当は、ぼくたちが「しあわせ!」って感じているのです。育てるとか、しあわせにするとか、大上段に構えても、ぼくたちに何ができるわけでもないのです。だから、ぼくたちもこの子どもたちと一緒に育とう、一緒にしあわせを感じようと、そう思っています。

それがぼくたちの子育てです。

祈り

世界じゅうの子どもたちが
しあわせになれますように
世界じゅうの子どもたちが
ごはんを食べられますように
世界じゅうの子どもたちが
親のぬくもりを感じられますように
子どもたちを抱きながら
いつも心のなかで　そう祈る

戦争による子どもの死や、親子離散。親からの虐待や、折檻《せっかん》による死。人身売買、餓死……。毎日毎日、耳をふさぎ、目を覆いたくなるようなニュースが後を絶ちません。

胸が掻《か》きむしられるように痛みます。

そんなときに、たった一つ、ぼくにできること。それが祈りです。

ぼくにはそれしかできないけれど、せめて、それならできそうです。だから今日も祈ります。

世界中の子どもたちのしあわせを……。

北風

街のなかを北風が走り抜ける
「さむいっ！」
と言って子どもたちが
ぼくにしがみつく
ぎゅっと抱きしめながら
「ときどき吹いていいよ」
とぼくは北風に言う

北風が音を立てて吹く寒い年末でした。買い物帰りのぼくたち親子に、寒風が容赦《ようしゃ》なく吹きつけ、そのたびに子どもたちが、ぼくにしがみつきます。

北風はとても冷たいのですが、子どもたちを抱いていると、とてもホコホコとした気持ちになります。ましてや、ほっぺなどをくっつけられたらもう、たまらなくあたたかい気持ちになります。

人はみんな、あたたかいのです。そのあたたかさは、また別の人をあたたかくするための力のように感じます。

めだか

正夫を受託したとき、ぼくの父（里子たちにとってのおじいちゃん）は、正夫を楽しませようと、めだかを五匹買ってきました。

その日から、三歳の正夫とともに、めだかのえさやりが始まりました。正夫は幼い言葉で「めだかさん、ごはんだよ」と言い、毎朝の世話を楽しんでいました。

翌年の春、めだかはたくさんの卵を水草に産みつけました。でも、それを放っておくと、親めだかが卵を食べてしまうのです。そこで、卵を別の水槽に移しました。

やがて、卵から小さな小さな稚魚が誕生したのです。稚魚も成長してくると、やっぱり卵を食べてしまうので、今度は稚魚の水槽も用意しました。玄関に、「親めだか」と「子どもめだか」と「たまごめだか」の、三つの水槽が並びました。一年前、たった五匹だっためだかたちが、なんと五十匹を超える数に増えました。

あるとき正夫が、そこそこ大きくなってきた子どもめだかを見ながら、「おとうさん、この赤ちゃんめだか、親めだかのほうへ入れてあげようよ」と言いました。

ぼくが「大きいめだかは乱暴だからなあ」と言うと、「だいじょうぶだよ。一緒にいたら優しくなるよ」と言うのです。そして、「家族は多いほうが楽しいよ」とつけ足しました。

その瞬間、ぼくは思わず正夫を抱きしめていました。

「だいじょうぶだよ。一緒にいたら優しくなるよ」

「家族は多いほうが楽しいよ」

この二つの言葉は、ぼくたちの宝物です。里親として忘れてはならない言葉として、いつも心に置いています。

正夫、ありがとう。

第4章

母の日

防犯ブザー

新しいランドセルがうれしくて
子どもがはねる
ランドセルが背中でおどる
ランドセルの横にぶらさがった
クマも揺れる
かわいいクマの正体は
じつは　子どもを守る防犯ブザー
しっぽを引けば

たちまちサイレンが鳴り響く
「たすけて」と
渇いた街に鳴り響く

春らんまん、花四月、正夫がいよいよ小学生になりました。入学式の日、クマの形をした防犯ブザーが新入生に配られました。そのクマをランドセルにつけながら、ぼくはほんの少し、心に切なさが込み上げてきました。

ぼくが子どものころ、通学のわずかな時間にも、大勢の人と「おはようございます」「行ってきます」「ただいま」と、あいさつをしました。

隣のおじさん、駄菓子屋のおばちゃん、お向かいのおばあちゃん……、みんなが声をかけてくれました。その声が、子どもたちや街を守ってくれていたように思います。

「正夫を守ってやってくれよ」と、祈るような気持ちでクマに言いました。

荷物

小さな小さな肩にのっている
大きな大きな荷物
できることなら
ぼくがその荷物を
全部もらってしまいたい

ぼくがきみたちのために
してあげられるたった一つのこと

それは
きみたちが大きな荷物を持っていることを
分かっていること
だれよりも分かっていること

夏子《なつこ》がわが家にやって来ました。とってもすてきな笑顔の女の子ですが、時折ぼくたちに向ける寂しそうな視線に、彼女の人生の重荷を感じます。里子たちの背中には、目には見えませんが、大きな荷物があります。一人ひとり、その重さも大きさも違いますが、どの子にも、その荷物は大きすぎるし重すぎます。

子どもたちは、一生その荷物を持ち続けるのです。本来は、だれも持たなくてもよかったはずの荷物なのに……。

ぼくが「全部この俺《おれ》が持ってやる」と息巻いても、実際には何もできません。

だから、せめて「お父さんとお母さんだけは、その荷物の大きさも重さも分かっているんだよ」というぼくたちでありたいと、いつも思っています。

いつまでも、いつまでも……。

ぼくは机

ぼくに落書きしたのは　だれだ
ぼくは机として生まれてきたんだ
ぼくは落書き帳じゃない

人間として生まれてきたのに
人間として扱われなかったら
どんな気持ちになる

もし悲しいと思えたら
ぼくの落書きを消してくれ

わが家には約束ごとが、いくつかあります。「ものを大切にする」が、その一つです。ぼくは、ものを粗末に扱うことを許しません。なぜかというと、ものには命があるからです。ものを大切にできる人は、人を大切にします。人を大切にできる人は、命や心を大切にします。

そんな人に育ってほしいと願いながら、時には厳しく、子どもたちと向き合っています。

おかあさん

「おかあさん」
「おかあさーん」
朝から晩まで
お母さんを呼ぶ声が響きわたる
あっちから　こっちから
「おかあさん」
「おかあさーん」
響きわたる　響きわたる

子どものころ、兵隊として戦争を体験された方の話を聞きました。

「攻撃に向かうとき、みんな、はるか日本のほうに向かって『おかあさん』と叫んだのです」

また、最近、大きな手術を受けた方の話を聞きました。

「夢のなかで『おかあさん、おかあさん』と叫んでいました」

「おかあさん」、すてきな響きです。いつの時代も、どんなときも、だれにとっても。ぼくも子どものころ、たくさん呼びました。

せっかくの、きみたちのお母さんです。いっぱい、いっぱい呼んだらいいのです。

カブトムシ

「がんばれ！」
「がんばって！」
さなぎから羽化するカブトムシは
子どもたちの応援を全身に受け
成虫になろうとする
やがて　カブトムシは
見つめる子どもたちに
立派な角を　誇らしげに向けた

その角は　生命の輝きを放ち
「生まれてきたぞ」
と強く　たくましく光った
手を握りしめ
応援していた子どもたちの目も
生命の輝きに光った

カブトムシ

ある年の夏、友人がカブトムシを捕ってきてくれました。カブトムシは、たくさんの卵を産みました。幼虫になり、冬を越し、さなぎになり、次の年の夏、たくさんのカブトムシが誕生しました。

この一年間、子どもたちと一緒に、カブトムシの世話を楽しみました。

そして、カブトムシが誕生する、その瞬間の神秘と感動、命の不思議と尊さを、家族中で体験しました。

羽化するカブトムシに、「がんばれ」「がんばれ」と、子どもたちは声をかけました。

ぼくは、そんな子どもたちの背中を見つめながら、「がんばれ」「がんばれ」と、心のなかで叫んでいました。

生命はみんな、神秘と感動、不思議と尊さの塊《かたまり》です。

カブトムシたち、生命の輝きを、ありがとう。

・・・・

・・・・
どうしたの？

「・・・・」

疲れたの？

「・・・・」

おなかはすいてない？

「・・・・」

まあいいか

第４章　母の日

だれにだって
しゃべりたくないときはあるさ
でも
もし　しゃべりたくなったらね
いつでもおいで
お父さんもお母さんも
年中無休　24時間営業中

高校生の里子・夏子は、時々無言になります。そんなときは、部屋に入ったらなかなか出てきません。どうしたものかと気をもみますが、もはやなす術《すべ》はありません。

ぼくにできるのは、出てくるのを黙って待つことだけです。話しに来る日を、ひたすら待つだけです。待つことが、ぼくの日課になります。

やがて、その時がやって来ると、ぼくの心は、春の日が差し込むように明るく、あたたかくなるのです。

冬の寒さがあるから、春のあたたかさを感じ、夜の闇《やみ》があるから、朝の光を感じることができます。だから、寒い冬も暗い夜もありがたいのです。

ぼくは、そんな日をいつまでも待っています。

・・・・

母の日

子どもたちは毎日、朝目が覚めてから夜床に就くまで、数えきれないくらいお母さんを呼びます。「行ってきます」の代わりに「おかあさーん」、「ただいま」の代わりに「おかあさーん」という具合です。

お母さんは、朝早くから起きて、食事の準備や後片づけをし、幼い子どもたちを遊ばせながら掃除をし、洗濯物をたたみながら宿題を見て、ＰＴＡに出席して、買い物をして、おまけに近所のお母さん方と立ち話をし、夜は子どもたちを寝かしつけてからも、アイロンをかけ、ズボンのひざにあいた穴にアップリケをつけます。それも「これよりこっちのほうが、か

わいいよね」と楽しみながら……。そんな毎日は大忙しです。
それなのに、子どもたちの「おかあさーん」の声の一つひとつに、大きな声で応《こた》えてやるのです。時には怒鳴り声も交じりますが、子どもたちの「おかあさーん」と、お母さんの「なあに」を聞いていると、「わが家はつくづく健康だなあ」と思えます。

ある年の三月、高校入学が決まった夏子を里子として迎えました。多感な年齢で、ただでさえ難しい年ごろ。加えて背も高く、体格も良く、スポーツが得意で、腕力も強い子でした。

幼い子どもたちは、受託後すぐに、ぼくたちのことをごく自然に「おとうさん、おかあさん」と呼びますが、高校生になる彼女は、そうはいきません。夏子はぼくたちのことを、いつも小さな声で「おじちゃん、おばちゃん」と呼びました。

そんな夏子が、数カ月たったころに迎えた「母の日」に、「おばちゃん」にプレゼントを手渡しました。「ありがとう……」と言って。「おばちゃん」の目からは、突然ポトポトと大粒の涙がこぼれ落ち、小さな「おばちゃん」が大きな夏子を、「ありがとう」と言って抱きしめました。

そばにいたぼくも、そんな光景がうれしくて目頭が熱くなりましたが、夏子が「ありがとう」のあとに小さな声でつぶやいた「……」が、ぼくには「おかあさん」と聞こえたような気がしました。夏子にとっては初めての「母の日」のプレゼントだったのかもしれません。

袋のなかには数枚のクッキーが入っていました。「おかあさん」は、いつまでもそれが食べられず、キッチンのガラスケースに飾っていたのです。

第５章

子どもたちへ

夢

サッカー選手
幼稚園の先生
歌のお兄さん
犬のトリマー
・・・
夢の話に夢が広がる

ぼくの夢

それは
きみたちの夢が叶《かな》うこと
子どもたちがしあわせになること
ささやかなようだけど
じつは
大きな大きな　ぼくの夢

お正月、みんなで初夢の話をしていると、「ぼく、大きくなったらね」と、将来の夢に話が広がりました。

子どもたちが夢の話をすると、目が輝きだします。だから、ぼくは、夢の話をするのがとても好きです。

そして、夢の話を聞くたびに、みんなの夢が叶うといいなあ、叶ってほしいなあと思います。夢が叶って、すてきな彼や彼女と結婚して、子どもができて、そんな家族が時々集まって大きな家族になって、みんなでまた夢の話ができたらいいなあ。

これが、ぼくの大きな大きな夢です。

桜

春の光にきらめいて
舞い踊る
桜の花びら
春の風に包まれて
街に響く
子どもたちの笑い声

桜シャワーを浴びながら

大人も子どもも　街じゅうが
みんな　みんな
笑ってる
春の風も　桜の木も
笑ってる

わが家の前には、桜並木が続いています。毎年春になると、見事な桜が咲き誇り、街中の人々を楽しませてくれます。

やがて、肌に心地よい風が吹くと、桜の花が舞い散ります。子どもたちはそれを「桜シャワー」と呼び、空を仰ぎ、歓声を上げながら、全身に桜シャワーを浴びます。

子どもたちみんなに春の風が吹き、子どもたちみんなに春の日差しが当たり、子どもたちみんなに桜シャワーが降りそそぎます。

風も日差しも桜の木も、平等を教えてくれています。

歓声に包まれて、きっと桜の木もうれしいのでしょう。春の風と手を組んで、いつまでもいつまでも、子どもたちに桜シャワーを浴びせてくれました。

夕日

まっ赤な　でっかい太陽が沈んだら
明日もまっ赤な　でっかい太陽が昇ってくる
だから
悲しくても
くやしくても
つらくても
一日の終わりには
でっかい声で笑っちゃえ

きっと明日も
でっかい笑い声が
まっ赤な　でっかい太陽と一緒に
やって来る

西の空に大きな太陽が沈んでいきます。真っ赤な夕焼け空が、明日の晴れを約束してくれているようです。

ぼくたち夫婦は毎晩、寝る前に「今日も一日ありがとう」と言って、子どもたちを抱きしめます。

「ありがとう」と言って一日を終えられたら、こんなすてきなことはありません。必ず「ありがとう」の明日がやって来るはずです。今日より、もっともっとすてきな明日が、やって来るはずです。

このごろ、子どもたちのほうから「今日も一日ありがとう」と言うようになりました。

今日の命にありがとう。
今日という日にありがとう。
今日の与えにありがとう。
「ありがとう」は無尽蔵です。

絆

夫婦　親子　兄弟　友だち・・・
半分同士が寄り添って
半分同士が支え合って
半分同士が見えない糸でつながって
き・ず・な

せっかくの　絆《きずな》だから
大切な　絆だから

太くて強い　絆を紡《つむ》ぎたい
信じ合って　たすけ合って
丈夫で確かな　絆を紡ぎたい

昨年、父が亡くなりました。

父は里子たちに「おじいちゃん」と呼ばれ、とても慕われていました。療養中、正夫は毎朝「おじいちゃん、おはようございます！」と言って、おじいちゃんの部屋を訪ねました。

おじいちゃんは、「正夫が来てくれると元気が出るよ、ありがとう。正夫は、わしの命の恩人や」と言って、正夫の手を握りました。まるで儀式のように、毎朝、毎朝……。

正夫はおじいちゃんに元気を与え、おじいちゃんは正夫に「命の恩人」とまで称して自信を与えました。

そして、おじいちゃんは逝《い》きました。でも、おじいちゃんの病気と死を通して、正夫がひと回り大きくなりました。おじいちゃんがくれた、計り知れないほど大きな心の財産のおかげです。

正夫とおじいちゃんの絆。

太くて強い絆。

信じ合って、たすけ合って紡いだ絆。

これが、本物の絆……。

うそ

「ただいまー」
「おかえりー」
「靴をそろえなさーい」
「宿題を先にするのよー」
「もう、やったよ」

お母さんのセンサーをくぐりぬけながら
子どもたちが忍び足で外へ飛び出す

お母さんも元気
子どもたちも元気
そんな元気に　ほほ笑みながら
ちいさなうそと向き合う

うそ

「ただいま！」

「おかえりなさい。靴をそろえてね。おやつは手を洗ってからよ」

と、お母さんの声。

「わかった！　もう靴もそろえたし、手も洗ったよ」

……そんなはずはない。

……そんなに早くできるはずがない。

ここで、お父さんの出番です。玄関へ子どもを連れていき、脱ぎ散らかした靴の惨状を共に確認して、靴をそろえさせます。そして、そのまま洗面所に連れていき、手を洗わせます。

クスッと笑ってしまいそうな日常の風景ですが、こんなうそを、ぼくは許しません。

もし、あとでお腹《なか》をこわしたら、おやつのせいにしてしまうかもしれません。靴の散らかりを、次に玄関に入ってきた子のせいにしてしまうかもしれません。

だから、小さな「うそ」は侮《あなど》れないのです。

ある年の瀬、その一年を表す漢字に「偽」が選ばれました。とても悲しい思いになりました。

子どもたちへ

ぼくたちの毎日には、うれしいこと、楽しいこと、悲しいこと、残念なこと、つらいこと、泣きたくなること、叫びたくなること、心配なことなど、さまざまなことがあり、そのたびに、さまざまな心と出合います。どきどき、わくわく、はらはら、がっくり……。心はいつも、とても忙しいのです。

喜びの多いときは、人生はなんて素晴らしいのかと、諸手《もろて》を挙げてそのうれしさを全身に満たし、反対に、心がつらさでいっぱいになったときは、ともすると死んでしまいたくなるような、真っ暗な気持ちにもなってしまいます。

人の心って、本当に不思議なものです。自分の心のなかを一度のぞいてみたいと思いますが、それができる人は一人もいません。

自分の心はこうして、いつもさまざまな出来事や、家族や友人、恋人など自分に関《かか》わる人に対して、いろいろと動き回っていますが、自分も人の心を動かしていることに気がつきます。ぼくの言葉や態度で、人が喜んだり悲しんだり、悔しがったりしているのです、きっと。

人は、一人で生きていくことは、とても難しいのです。だれもが皆、人と関わりながら生きています。自分も心を使い、そして人に心を使わせているのです。それが生きていくということなのかもしれません。

では、人からどんな言葉をかけられたときに、うれしく思えるのでしょうか。反対に、どんな言葉を浴びせられたり、どんな態度をとられたりしたときに、悲しくつらい気持ちになるのでしょうか。

ぼくたちの周りには、いじめに遭《あ》って心を傷つけられてしまった仲間がいます。生きることに絶望し、命を絶ってしまった仲間もいます。人はだれしも、生きる権利があるのに……。人はだれしも、人の生きる権利を奪うことは許されないはずなのに……。

人には本来、目には見えない大きな力が備わっていると、ぼくは思っています。それは、感じる力、察する力です。いま、自分の隣にいる人が、ぼくが言ったひと言を気にしてはいないだろうか。さっきのぼくの姿勢に傷ついてはいないだろうか。そんなふうに、ほんの少し、人の心を感じたいのです。

人と人とが、とげとげしくぶつかり合う世の中であるうちは、いつまでたっても悲しみが絶えません。まあるくて、やわらかい心で察し合うことができたとき、きっと傷つけ合う世界はなくなるはずです。

第 6 章

いただきます

たんぽぽ

「おかあさん、見ててね」
小さな口でふっと吹いた
たんぽぽの綿毛
ゆらりゆらりと種を振り
ふわりふわりと風に乗る

どうか土のあるところへ
着地してね　と願う

都会のアスファルトの割れ目から、ひょっこりとたんぽぽが顔を出しました。そんな「小さな家」のたんぽぽも、一生懸命に生きて、やがて白い綿毛になり、風に舞いながら次の年の命へと旅に出ます。

コンクリートとアスファルトに囲まれた都会のなかにいると、この綿毛たちは次へと命をつなぐことができるのだろうかと、心配になります。

綿毛をふっと吹く子どもたちの、無邪気《むじゃき》な歓声に包まれながら、命の継承を祈ります。

しゃぼんだま

風に踊って　ふわりふわり
日差しにきらめいて　きらりきらり
追いかけて　追いかけて
子どもたち
やがて　はじけて　なくなって
でも　やっぱり
楽しくて　うれしくて
子どもたち

しゃぼんだまを吹いては、追いかける子どもたち。
しゃぼんだまは、風と光と手を組んで、「ここまでおいで」と逃げていきます。
子どもたちは、大はしゃぎ。
日差しと、風と、しゃぼんだまと、子どもたち……。
しあわせのカルテット。

磁石のように

磁石のように
子どもたちがぼくを取り囲む
ひとりひとりを抱きしめる
ほっぺのやわらかさが優しくて
瞳《ひとみ》のきらめきが頼もしい

ひととき　せつなさに
言葉を失いかけたぼくなのに・・・

そんなぼくにも
きみたちは　ひたすらむじゃきで
あたたかい

乳児院や児童養護施設を訪問すると、幼い子どもたちが、にぎやかに駆け寄り、われ先にと、しがみついてきます。せつない思いを抱きながらも一人ひとりを順番に抱きしめ、頬《ほお》をつけ、おでこをつけると、子どもの体温が伝わってきます。あたたかい、しあわせの温度。

もう一度、心のなかで一人ひとりのしあわせを祈りながら、抱きしめます。

いただきます

わが家では食事のときに、みんなでそろって手を合わせ、「いただきます」と言ってから食事をします。

お米も、野菜も、肉も、魚も、果物も、食べ物には命があり、人はその命をいただいて、明日への命をつなぎます。

光と水と空気、大地の栄養という自然の恵み。そして農業、漁業の方々の丹精。流通にかかわる人々、調理をする人、数えきれないくらい大勢の人々の心が、食べ物にはこもっています。

だから、みんなで手を合わせて、心を込めて「いただきます」を言うのです。

食事中は「おいしいね」と言って、食べ物や作ってくれた人に感謝し、ひと粒のご飯も残さずにきれいに食べ、「ごちそうさまでした」と言って、もう一度手を合わせます。

大自然の営みにも、そのなかでできた食べ物にも、作ってくれた人たちにも、せめてもの感謝を捧《ささ》げたいと思うのです。

食事が済めば、食べたものが体と心の栄養となって巡ります。感謝して食べたものは、感謝の心を伴って巡るはずです。感謝の巡りは、健康な心と体を育《はぐく》んでくれるに違いありません。

新聞に、「給食費は親が出しているのだから、子どもに『いただきます』を言わせる必要はない」と発言した親の意見と、その後の物議が掲載されました。心がズキズキと痛みました。

学校の給食であろうとレストランの食事であろうと、お金を払っていようとなかろうと、「いただきます」は「いただきます」。感謝の心で「いただきます」を言いたいのです。

第7章

ふるさと

ムギュー

不安だよね
確かめたいよね
ためしたいよね
里親のお父さんとお母さんのこと

ためしてごらん
どんなことをしたって
どんなことを言ったって

だいじょうぶだよ
ためしたあとは
さあ　おいで
ムギューの抱っこが
待ってるよ

里子を受託してしばらくすると、「試し行動」に出合います。その表現方法は、一人ひとりみな違い、だだをこねる、わがままを言う程度のものから、夜驚《やきょう》や物の破壊、自虐的なものまで、さまざまです。本能的な行動ですから統一性はありません。

共通するのは、その行動のなかに、「本当にお父さんとお母さんになってくれるの？　本当に信じていいの？　こんなことをしても許してくれる？」という気持ちがあるのかもしれません。

あまりにも過酷なものに直面すると、親として自信を失いそうになることもあります。でも、そんなときこそ、試されているのだと心するのです。この子の親になるのだと。

ひたすら暴れる子どもを抱きしめながら、「もう大丈夫だよ。何も心配しなくていいんだよ。お父さんとお母さんが、ついているからね。ずっとずっと見守っているからね」と語りかけます。ムギュー、ムギューと抱きしめる日々がしばらく続きます。

旅立ち

今日はきみの晴れの旅立ち
きみが抱える人生の荷物の中身は
ぼくたちが知っている
でも今日は
せっかくの旅立ちだから
「おめでとう！」

その荷物の大きさに耐えられなかったら

その荷物の重みでつまずいたら
帰っておいで
その荷物を知っている
ぼくたちの所へ

おめでとう
旅立ち

わが家の前に続く桜並木が、街を薄く春色に染めはじめたころ、夏子が高校を卒業し、そして就職先が決まりました。社会人の仲間入りをするスタイルに変身した夏子は、すでに高校生の面影はなく、まぶしいくらい輝いています。

照れくさそうに笑いながら、新しいスーツ姿を披露してくれましたが、ぼくたちには、その背中にある人生の荷物もちゃんと見えています。

「夏子、旅立ちおめでとう。何もできないけれど、夏子の荷物の大きさも重さも、ぼくたちは知っているよ。その荷物の大きさと重さに耐えきれなかったら、いつでも帰ってくるんだよ」

ぼくは心のなかで、そう叫んで送り出しました。

ごめんね

テーブルから落ちた
クマのぬいぐるみ
抱きしめて
頭をなでながら
「ごめんね」
ときみが言う
「ごめんねが、じょうずになったね」
と今度は

ぼくがきみを抱きしめる

将太《しょうた》は、どういうわけか「ごめんね」が言えませんでした。どうしたら将太が「ごめんね」と言えるようになるだろうかと、家族みんなで話し合いました。その結果、家族みんなで「ごめんね」をいっぱい言おう、という約束ができました。

次の日から、家庭のなかに「ごめんね」がいっぱいあふれました。やがて将太は少しずつ「ごめんね」と言えるようになりました。

そして気がつくと、将太のおかげで、家族みんなの「ごめんね」が、さわやかで気持ちよく、すてきなものになっていました。

　ある晩、夜泣きをする幼い将太を妻が抱いていると、小学生の正夫が起きてきて、妻に「ごめんね」と言うのです。妻は「なんで正夫があやまるの?」と聞きました。正夫は「将太は、まだごめんねが言えないから、ぼくがそのかわりに言ってあげるんだ」と言いました。

　妻は正夫の優しさがとてもうれしくて、大粒の涙をこぼしながら正夫を抱きしめました。

小さな手

ぎゅうっと握る
その小さな手のどこに
そんなに大きな力があるの

だいじょうぶだよ
絶対に離さないから

買い物に出かけるとき、駅に向かうとき、子どもたちは、ぼくと手をつなぎに来ます。とてもうれしい瞬間です。

「おとうさん、そんなに握ったら痛いよ」と、隣から子どもに叫ばれました。

子どもたちが力いっぱい握ってくると、ぼくもやっぱり、力いっぱい握り返したくなります。

「もう大丈夫だよ。ずっと、きみたちのお父さんとお母さんでいるからね」と、ぼくはいつも心のなかでそう言いながら、手をつないで歩きます。

血

トクトク　トクトク
血が巡る
まっ赤なほっぺも
小さな手のぬくもりも
トクトク　トクトク
巡る血のおかげ

人は血縁と言うけれど

巡る血は
みんな同じ赤い色
だから　みんな血縁
みんな　つながっている

三歳の将太が、ころんでひざをすりむきました。

一緒に遊んでいた四年生の正夫が、ティッシュを濡《ぬ》らし、懸命な手当てをしてくれました。じわーっとにじむ血を見つめ、「痛いよ、痛いよ」と泣き叫ぶ将太に、「だいじょうぶだよ。ほら、もうだいじょうぶだよ」と、正夫がお兄ちゃんぶりを発揮します。

人にはみんな赤い血が流れ、それはとてもあたたかいのです。血縁・血族、いろんなつながりがありますが、人はみな、赤くてあたたかい血でつながっています。だから、人はみんな血縁だと、ぼくは思っています。

里子たちとは、一般的にいわれる血や名字のつながりはありません。でも、みんな同じ赤い血でつながっています。ぼくには、それでもう十分です。

「本当はとても痛いんだけど、お兄ちゃんがだいじょうぶだって言うから、きっとだいじょうぶなんだ」

将太が笑顔に戻りました。

親

「おかあさーん」って叫んだら
「なあに」って　笑って振り返った
「おとうさーん」って呼んだら
「ほうら　おいで」って　両手を広げた
だれがなんと言おうと
ぼくたちは　お父さんとお母さん
いつまでも
いつまでも

妻のお腹《なか》に長女を授かったとき、日ごとに大きくなるお腹を夫婦でさすり、「待ってるよ」「いっぱいしあわせつくろうね」と声をかけました。お腹のなかで手足を伸ばすようになると、妻は「痛い、痛い」と言いながらも、楽しそうに、やっぱりお腹をさすりました。

里子たちとは、こうした時間はありませんが、受託したその日を親子の出会いの日と考えて、抱きしめて、さすり合って、語り合うことにしました。

長女が誕生したときに、奈良県にいる妻の祖母が言いました。

「子育てはなんにも難しいことあらへん。親が育てばええんやで」

子どもたちを受託するたびに、その言葉を思い出します。

お月さま

お月さまは　なんであんなにあかるいの
お月さまは　なんでこんなにまあるいの
お月さまのスイッチは　どこにあるの
お月さまのスイッチは　だれがおすの
お月さまのでんきは　いつまでついてるの
お月さまは　いつねるの
ねえ　お月さまは・・・
ねえ　お月さまは・・・

お月さま

今夜は
十五夜お月さま
お月さまが
みんなの話を聞きながら
おなかを抱えて
笑ってる

今日は十五夜、まん丸に輝くお月さまを、家族みんなで見上げました。子どもたちから、矢継ぎ早に質問が飛び出してきます。その質問の一つひとつに真剣に答えていくことは、至難の業《わざ》です。いつも、どぎまぎしてしまいます。

お月さまはいつも丸くて、明るくて、みんなを隔てなく照らしてくださっています。

お月さまのスイッチは、子どもたちが月を見上げたときにＯＮになるのかもしれません。

飛べないハト

一生懸命　羽を広げて
一生懸命　走っているのに
飛べないハト

そんなにがんばらなくてもいいよ
飛べなければ　歩いたらいい
歩きながら　遊んでやっておくれ

子どもたちと

子どもたちはきみのことが
大好きらしいから

少しずつ冬の近づきを感じるころ、将太と近所の公園に行きました。公園に群がるハトの一群。三歳の将太が大喜びで、そのハトの輪に駆け寄りました。

ハトたちは一斉に飛び立ちます。が、そのなかにたった一羽、飛ぶそぶりだけをするハトがいます。飛び立ったハトたちは大きく空を旋回して、また公園に帰ってきます。

将太が、またその輪のなかに入ろうとすると、ハトたちは、また羽ばたきの音を残して飛び立ちました。さっきのハトも、また同じように羽ばたきましたが、飛びませんでした。飛べないのかもしれません。

将太が、そのハトに言いました。

「いっしょに遊ぼうよ」

優しさ

「優しいパパね」
と人は言う
ちょっと照れくさく
少し　うれしく・・・
でも
本当は
子どもたちがぼくを
優しくさせてくれている

子どもたちは魔法使いです。

子どもたちの笑顔や安らかな寝顔は、ぼくの一日の疲れなど、あっという間に癒《い》やしてしまうのですから、本当に不思議です。

子どもたちは、いとも簡単に、難解な大人の世界から笑顔と歓声の世界へと、ぼくを誘《いざな》います。

そんな子どもたちの魔法に、ぼくはいつもたすけられています。

いつの間にか、そっと子どもの寝顔を見に行くことが日課になりました。

「今日も一日ありがとう」

子どもたちに、そっとつぶやきます。ぼくの至福のひと時です。

ふるさと

若いころの思い出です。

久しぶりに帰るわが家。駅に着くと、ひとり気持ちがはやり、つい早足になります。

「ああ、お父さん、お母さん……元気だろうか」

角を曲がれば、もうそこは、家。

「あっ、お父さん、お母さん」

家の前に立つ、お父さんとお母さん。お父さんは左手に杖《つえ》を持ち、ほんの少し右手を上げました。「よう」って口が動いたような……。隣では、お母さんが静かにほほ笑んで……。

なんだか、ほんの少し小さくなったような気がします。お父さんもお母さんも。

「ただいま……」

「おかえり……」

玄関をくぐれば、いつも変わらない、わが家の香りと静寂。

ああ、お父さん、お母さん、会えてよかった。帰ってきてよかった、ふるさと。

もう何もいらない。これだけで十分。ふるさと。

わが家を巣立つ里子たち。お父さんとお母さんは、この家も、きみたちがつけた家の傷も、香りも、はしゃぎまわった残響も、すべて残しておくことにします。ここは、きみたちのふるさとだから。

疲れたら帰っておいで。

もう少し年をとったら、ぼくがお父さんに迎えてもらったように、ぼくは左手に杖を持ち、右手を上げて、「よう」って言って迎えましょう。ぼくがお母さんに迎えてもらったように、お母さんはぼくの隣で、ほんのりほほ笑んで、きみを迎えてくれるでしょう。

だから、帰っておいで。いつでも……いつでも。

必ず待っているから。

第8章

抱きしめて

みんな世界一

正夫の優しさに
心がほっとし
将太の笑顔に
しあわせを感じ
夏子の運動神経には
ことさら目を見張り
弥生《やよい》のおしゃまさんぶりに
おなかを抱えて笑う

正夫の友だちの祐介《ゆうすけ》くんは
とてもあいさつがうまい
近所の綾香《あやか》ちゃんは
小さい子の面倒見がとても良い
春美《はるみ》ちゃんは
ピアノがとてもじょうずだ
どの子も世界一の子どもたちだ

ある日、正夫とお風呂に入っていたときのことです。正夫がちょっと深刻そうな顔で、「おとうさん、ぼくには何も一番のものがないんだ」と言いました。

聞けば、クラスで「人には負けない私の一番」という話し合いがあったと言います。走るタイム、跳び箱の高さ、縄跳びの回数、計算の速さ、漢字の書き取り点数などなど、たくさんの一番が出たと言います。

そのときに、「ぼくには、友達に勝てる一番が何もない」と、正夫は一人、そう寂しく思ったそうです。

ぼくは、「正夫の一番は優しさだよ」と即答しました。

「運動や勉強で一番になることも、とても大切なことだけど、優しさ一番だって、あってもいいと思うよ。毎日、大勢の友達が正夫のところにやって来るじゃないか。それは、正夫が隔てなく、みんなと仲良く遊べるからなんだ。それが正夫の優しさだよ。きっと一番だよ」

そう言うと、正夫は「うん、それならぼく、できそうな気がする」と言い、いつもの笑顔に戻りました。

子どもたちは、みんな輝いています。未来という光を放ち、華やかな夢を持ち、それぞれに一番があります。

子どもはみんな世界一です。いつまでもいつまでも、輝いていてほしいと祈っています。

プロ

ぼくたち夫婦は
お父さんとお母さん
まだまだ　足りないことだらけです
なかなか　行き届かないことばかりです

でも　いつも　いつも
子どもの目を　心を　未来を
見つめています

お父さん　お母さんとして・・・

ある方に、「里親？　そんなこと、プロにまかせたほうがいいんじゃないの」と言われました。

まだまだ足りないことだらけですが、ぼくたちは、お父さんとお母さんです。

時には暗中模索、悪戦苦闘の日々でもありますが、粉骨砕身、一生懸命のお父さんとお母さんのつもりです。すべての知識や技術を兼ね備えたプロではありませんが、お父さんとお母さんなのです。かけがえのないお父さん、お母さんになろうと、努力しています。

いにしえのころからずっとずっと、お父さん、お母さんが子育てをしてきたのです。

子どもを授かったばかりの新米パパとママたち。お互いに、お父さん、お母さんとして、一緒にがんばろうよ。

元気

大きなおなべのふたを
お母さんが取る
ふわっと部屋じゅうにたちこめる
あたたかい湯気
そして　子どもたちの歓声
今夜はみんなが大好きな　おでん
じゃがいも　だいこん
はんぺん　たまごたちが

ぐつぐつぐつぐつ　笑ってる
おなべの周りに集まった子どもたちの
まっ赤なほっぺを見上げてる

みんなそろって
「いただきます」

とても寒い冬の晩、お母さんが腕を振るって大きなお鍋に、おでんをたくさん作ってくれました。お鍋のおでんたちも、取り囲む子どもたちも、とってもにぎやかです。

子どもたちは、思いっきり遊び、思いっきり食べて、思いっきり寝ます。はちきれるくらい何でも思いっきりするから、はちきれないように、グングン体が伸びるのです。

そしてまた、思いっきり笑い、思いっきり泣き、時にお母さんの怒り声センサーをかいくぐりながら、何でも楽しみます。それでいいのです。

「たまごは一つずつよ！」

お母さんのセンサーが動きはじめました。このセンサー、今夜はバージョンアップしそうです。

子どもたちも元気、お母さんも元気。うれしい家族です。

抱きしめて

振り上げてしまった　その握りこぶし
お願いです　たたかないでください

落ち着いて　ゆっくり数えてみましょう
「いち　に　さん　し　ご」
数えながら
一本一本　指をほどきましょう
ほら　たたかずにすみました

あなたを見つめる小さな瞳《ひとみ》を
見つめてみましょう
しゃがんで　子どもの目と同じ位置になって

きらめく　つぶらな瞳に
あなたが映っているでしょう
輝く瞳のなかのあなたも
きっと輝いています

こぶしを開いたその手で

ほっぺをなでてみてください
ほんのり赤く　やわらかく
そして　あたたかさを感じることでしょう
じつは　あなたの手のぬくもりも
ちゃんと　ほっぺに伝わっています

さあ　抱きしめて　抱きしめて
あなたの胸に
いっぱい　いっぱい抱きしめて
思いっきり抱きしめて・・・

感じてください
「生きている」こと
足もとに咲く小さな花も
さえずる鳥も
いま見つめる小さな命も
そして　あなた自身も
感じてください
「生きている」こと
それが
「生きること」への第一歩です

第9章

亡き父に教わったこと

娘と初めての孫

この本を上梓《じょうし》するために編集者の方と打ち合わせをした直後、娘夫婦に子どもが誕生しました。

うれしさと、おじいちゃんになった照れくささを伴いながら、妻とともに何度か産院へ向かい、ぼくたち夫婦にとっては初めての孫と娘を見舞いました。

ある日、産院を訪れると、ベッドの上で娘の胸に抱かれ、母乳を飲む赤ちゃんの姿がありました。娘は乳房を含ませながら「いっぱい飲んでね」と言葉をかけ、いとおしさいっぱいの瞳《ひとみ》でわが子を見つめています。その姿に、新米とはいえどもしっかりと母親を感じ、胸に抱かれた子どもには、母親にすべてをゆだねた安らかな命を感じました。なんて幸福な空間だろうかと、妻とともに込み上げる喜びを噛《か》みしめました。

里親を始めて十一年。里親とは何かと尋ねられたら、出会う子どもたちと、いかに愛着関係を築くかということに尽きると思っています。少ない情報ながらも、一人ひとりの子どもの誕生と生育歴を心に置き、どんなときも心のなかで「大丈夫だよ、お父さんがいるよ。お母さんがいるよ」と抱きしめて過ごす日々の連続。ぼくたちの里親生活は、そんな毎日です。

娘と赤ちゃんの母子愛に満ちた光景を眺めていると、「愛着関係を築く」とは、理屈や方法など、これまでに勉強してきたような難解なものではなく、とても単純で、自然で、素直なものだということに、あらためて気づかされました。

しばらくの間、親子の姿を見つめ、心がぽかぽかするようなあたたかさに浸っていると、娘婿《むこ》が「実は、ここではあまり大勢の面会者をお呼びしたり、大きな声で『おめでとう』と言って祝ったりすることができないのです」と、小さな声で言いました。不思議に思うぼくに、「入院している方のなかには、予期せぬ妊娠であったり、面会者のいない産婦もいたりして、そのようなことを産院側が配慮してのことなのです」と説明してくれました。なるほど、だからこの四人部屋のパーテーションが昼夜を問わずしっかり閉じられているのかと、合点がいきました。

母子による愛着関係のつくり方を、産院という、まさしく現場で学ばせてもらったぼくでした。が、その同じ空間で、同じ母子関係にありながら、この瞬間から愛着関係が築けない親子がいるかもしれないということも併せて知りました。

児童養護の世界の現実を目の当たりにし、夢から覚めたような気持ちになるとともに、里親としての覚悟をあらためて胸に刻みました。だからこそ里親が必要なのであり、これから出会う子どもたちにも精いっぱい親心を注いでいこう、と誓いました。

ぼくの周りの子どもたち

わが家には、里子たちが毎日のように大勢の友達を連れてきます。

Aちゃんは、夕方になると、「今日はどっちの家に帰ろうかなあ」と独り言のようにつぶやきます。理由を聞くと、「お父さんの家とお母さんの家があるの。だから、今日はどっちの家に帰ろうかなあ」と言うのです。

B君は、お父さんから「お誕生日に欲しいものは何?」と尋ねられ、「何もいらないから、パパ、お誕生日だけはお酒を飲まないで」と答えたそうです。B君のお父さんは酒癖が悪いらしく、夜になるとお母さんを困らせ、「ぼくもチョー怖い」と話していました。

妻が、ある連絡を伝えにC君の家を訪ねたときのことです。玄関に散らかる靴とゴミだらけのリビングを目にして言葉を失いました。そして部屋のなかからは、C君の父親と思われる男性の怒鳴り声が聞こえてきました。妻は、C君の母親に大急ぎで用件のみを伝えて帰ろうとしました。が、玄関の扉を閉めた妻を、C君の母親が追いかけてきました。そして「今日は主人の機嫌が少し悪くて……。見苦しいところを見せてしまってごめんなさい」と、少し目を潤《うる》ませながら言いました。妻は、彼女の心に積もる何かをとっさに感じ、「大丈夫よ」と、ほほ笑みを返しました。

ぼくは、非行や犯罪を起こしてしまった青少年たちの立ち直りも支援しています。少年D君が、ある日突然、ぼくのもとへやって来ました。そして唐突に、「ぼくも里子にしてもらえませんか」と言いました。D君は、お母さんと二人暮らしですが、家にはいつもお母さんの「彼」らしき人が来ていて、「あんな家には、もう帰りたくない」と吐き捨てました。D君には、里子であろうとなかろうと、ぼくの所にはいつ来てもいいよと伝え、後日、母親を訪ねてD君への配慮を懇願しました。

ある少年矯正施設にE君を訪ね、面会しました。終始うつむいたまま、小さな声でつぶやくように返事をするE君でした。面接を終え、職員に伴われて席を立つE君に、「お腹《なか》の底から何か言いたいことはないか」と、ぼくは尋ねました。E君は間髪を入れずに「お母さんに会いたい」と、やはり小さな声で言いました。E君は、幼いころから母親を知りません。「ぼくは男だから母親にはなれないが、父親にはなれるぞ。待っているからね」と言うと、大きなしずくが彼の頬《ほお》を伝いました。

ある方から依頼を受けて相談に乗っていたF子ちゃんは、たびたびリストカットをして救急車で病院へ運ばれていました。あるとき、ぼくは傷だらけの手をさすりながら、「今日まで痛かったね。もう大丈夫だよ」と言うと、急にぼくの胸にしがみつき、「たすけて！」と叫びました。しばらく抱きしめていると、かすれるような声で「死にたくない……」とささやきました。それから少しずつ心のなかの情景を話しながら、いまはもう、リストカットを〝卒業〟しました。

里子が小学校へ入学するとき、お世話になるあいさつをしに学校を訪ねました。担任の先生は「いま、子どもたちの家庭環境はとても複雑で、里子だからといって特別なことではないような気がします」とおっしゃいました。また、子どもが小学校から中学校へ進学したとき、同級生の友達の名字が三人も変わりました。

ぼくたち夫婦は里親のほかに、地元の行政機関の要請を受けて、生後間もない赤ちゃんから二歳児までの子どもたちを預かる、子育て中の親のサポートも手掛けています。なかには、抱いたとたんに赤ちゃんの服からたばこの臭いがしたり、お風呂にいつ入ったのだろうと疑念を抱いてしまうほど薄汚れていたりする赤ちゃんもいます。お預かりする限られた時間のなかで、妻は衣類を洗濯し、赤ちゃんをお風呂に入れます。すると、見違えるようにきれいな赤ちゃんに戻ります。

そして妻は、赤ちゃんを迎えに来た母親に、毎日の子育てをねぎらい、「がんばってね」と言って、その胸に赤ちゃんを託します。その瞬間に、母親たちはすてきな笑顔になり、元気になって帰っていきます。

緊急委託でやって来たG子ちゃんは、実親から虐待を受け、身も心も傷だらけでした。夜になるとフラッシュバック（過去の出来事がはっきりと思い出されること）におびえ、震える彼女の肩を妻は毎晩さすり、抱きしめて過ごしました。委託期間を終えてわが家から帰る日、彼女は「おばちゃん、ありがとう。あたたかいご飯、おいしかった。おばちゃんの手もあたたかかった。ここのお家《うち》、楽しかった」と、涙を流しながら言いました。「あたたかいご飯」という表現に、日ごろの食生活を案じ、「楽しかった」という言葉には、恐怖から逃れられた彼女の、心からの安らぎを感じました。「おばちゃんの手もあたたかかった」とは、毎夜震える彼女の体をさすり、抱きしめていた妻のぬくもりが伝わったのだと思います。彼女はしばらく妻にしがみついたまま、離れようとしませんでした。

母親の病気から、やはり緊急委託でやって来たＨ子ちゃんは、母親の病気も治り、帰宅日が決まったとき、「帰りたくない」と言ってシクシク泣きだしました。妻は「これからもずっと、H子ちゃんがしあわせでいられるように祈っているね」と、その肩を抱きしめ、「おじさんとおばさんは、ずっと応援しているからね」と握手をしました。H子ちゃんは何度も何度も妻を振り返り、帰っていきました。

小学校の先生がおっしゃったように、家庭環境の複雑化や家族の崩壊、親子の絆《きずな》の希薄さを、さまざまな場面で感じることが多い日々です。そしてそのたびに、心がとても痛みます。

父と子どもたち

遠い昔、ぼくがまだ幼かった時代、父が「これからお父さんの周りに、おまえたち以外の子どもがいるときには、お父さんのことを『お父さん』と呼ぶな」と、ぼくたち兄弟に言いました。

父は天理教の教会長をしていて、当時、親を亡くした子どもや家庭環境が崩れた子どもが教会に出入りしていました。ぼくたち実子が「お父さん、お母さん」と呼ぶことで、ほかの子どもたちに寂しい思いをさせてはならない。きっと、そんな思いからの宣言ではなかったかと思います。

いまであれば、児童養護の勉強などをしたうえで、さまざまな環境にいる子どもたちと向き合えたでしょうが、当時はそんな機会もなかったことでしょう。関《かか》わる子どもたちの現状と、その心をたすけてやりたい一心から湧《わ》き起こる親の思いであったに違いありません。当時を振り返りながら、潔《いさぎよ》さともいえる父の思いを感じます。

数十年という歳月を経て、当時、教会で一緒に育った仲間が「あのとき、前会長さん（父）がいなかったら、ぼくたちはどうなっていたか分からない」と振り返り、「本当にありがたかった」と、いまは亡き父に感謝してくださっています。

ぼくたち夫婦が里親を志したとき、両親に相談すると、まず父が「それはよいことだ」と、諸手《もろて》を挙げて賛成し、父に寄り添ってきた母も、もちろん快諾してくれました。

さまざまな手続きと講習を受けながら里親の認定に至りましたが、それと同時に、最初の里子・正夫《まさお》（仮名）をわが家に迎えることになりました。夫婦で三歳の正夫をひざに置き、肉眼では見えない不思議なつながりをたっぷり感じながら、「おかえりなさい」と言って抱きしめ、里親の第一日がスタートしました。

ぼくたち夫婦にとって、三歳といえども、新しい命のつながりができたことはとてもうれしく、親子になって過ごす日々に新鮮さを感じました。

しかし、養育は喜びばかりではありません。間もなく、心の叫びとも言うべき「試し行動」を体験することになります。それは正夫だけではなく、その後わが家に委託される里子の、すべての子どもたちがさまざまな形で表現しました。

赤ちゃん返りをはじめ、深夜に突然大きな声を出して手足をばたつかせる夜驚症《やきょうしょう》、体を突然硬直させてしまう症状や衝動的な行動。高齢児童になると、学校や友達とのトラブルやけんか、物やお金の問題、プチひきこもりなども体験しました。

試し行動は、子どもたちの「本当にぼくのお父さんとお母さんになってくれるの？　お父さんとお母さんはぼくのことを守ってくれるの？」という〝心の叫び〟です。子どもたちは、はちきれそうな思いや、重すぎる荷物を、何かの形で表現しようとします。いや、そうせざるを得ないのです。それは里親にとっては、「親」になるための階段の一つのようにも思えます。当初、その症状を前にして、受託するまでの子どもたちの環境を察して胸を痛め、なす術《すべ》もなく途方に暮れ、また切なさに夫婦で涙したこともありました。

夜驚症で手足をばたつかせる子どもの体をさすりながら、「つらかったなあ、もっと早く出会ってあげられなくてごめんね」と語りかけ、非行に走る高校生には、「大丈夫だよ。気持ちはちゃんと分かっているからね」と言って肩を抱きました。引きこもってしまったときには、「いいよ、話したくなったらいつでもおいで。お父さんもお母さんも二十四時間〝営業中〟だからね」と、部屋の外から声をかけました。毎日のそんな繰り返しのなかで、ありがたいことに、どの子のどの症状も、薄紙をはぐように自然に消えていきました。

ぼくたち夫婦は、真正面から試し行動に向き合いましたが、そんなことを全く意識せずに、ごく平然と子どもたちに接してくれていた父の存在が、ぼくたちにはありました。父が、おじいちゃんという立場で、子どもたちに始終関わりを持ってくれたことに、とても感謝しています。

最初に受託した正夫に対しては、夏であれば、近くの緑地公園へ一緒に虫取りに行ったり、早朝のラジオ体操に手をつないで通ったりしました。おやつの時間になれば、ひざの上に正夫を抱いて一緒にお菓子を食べ、テレビの子ども番組を一緒に見ながら楽しみました。

高校生の夏子《なつこ》（仮名）は、難しい年ごろでもあり、あいさつの返事さえしないときもありましたが、そんなことには一切頓着《とんちゃく》なく、常に父のほうから声をかけていました。「おはようさん」「おかえり」「食べてごらん、おいしいよ」と。夏子が部屋から出てこないとき、家族は気をもみましたが、「そんなときもあっていい」と、父は動じませんでした。

正夫が小学生のころ、夕方のわが家は子どもであふれ返っていました。毎日、正夫が通う学校の友達が大勢遊びに来るのです。そんなある日の夕刻、家に帰ると、玄関の外まで子どもたちの靴がはみ出し、どの部屋からもにぎやかな声が響いてきます。いったい何人来ているのかと尋ねたら、「たぶんクラスの半分くらいかなあ……」と子どもたちが答えました。だからといって、全員が一部屋で遊んでいるわけでもなく、あちこちの部屋に分散していました。

茶の間へ行くと、父の周りにも何人かいて、その子どもたちに父がお茶を入れています。「どうや、おじいちゃんが入れるお茶はおいしいだろう」と、自慢げに話す父を子どもたちが取り囲み、「うん、おじいちゃん、おいしい」と言って飲んでいます。しばらくして、父が家の前の桜並木の遊歩道を掃除しはじめると、一緒になって、ほうきとちり取りを持ち、手伝いをする子どもたちの姿が見られました。

いずれも不思議な光景でしたが、里子や町の子どもたちに囲まれた父の楽しそうな笑顔を、いま、とても懐かしく思い出します。

ぼくたち夫婦は、子どもたちの心のなかに感じる大きな穴、つまり愛着関係が入るはずだったと思われる、ぽっかりとあいた穴のようなものを、愛情で満たそうと精いっぱい気持ちを込めてきました。しかし、そのすぐそばで、父がどの子に対しても、いつもと変わらない、ごく自然な態度で関わってくれていたことは、子どもたちの成長に大きく作用したのではないかと思います。

父はなぜ、いつも自然体で、肩肘《かたひじ》張らずに子どもたちに接することができたのでしょう。

ぼくたちは、子どもが向けてくる一つひとつの言葉や行動に、このサインには何が潜んでいるのだろうか、この行動の裏には何があるのだろうかと思案に暮れ、将来についても、人さまに迷惑をかけないような生き方を望みながら養育しています。だから、子どもたちが何か問題を起こしたり、心配なことがあったりすると、つい夫婦で深刻な顔をしてしまいます。そんなとき、父は「まあ、ええがな」と言い、「おまえたちがうっとうしい顔をしていたら、子どもたちの心に映ってしまうで」と、関西なまりで、ぼくたち夫婦をたしなめました。

父の子どもたちに接する姿勢を振り返ると、何も求めず、無条件に子どもたちを許し、抱きかかえていたように思えます。

起こってくるすべてのことを肯定し、どんな小さなことも良いことは褒《ほ》める。どこにも余分な力が入っていない自然な愛情の注ぎ方を、父の生き方から教わりました。

その日々から幾年月を経たいま、そんな父の姿が、産院で見た、娘が赤ちゃんを抱く無条件の親の姿に重なります。何の理屈もない、説明もいらない、ただただ子どもがいとおしいという、それだけの世界です。

父と正夫

父は七年前の春先に病に倒れ、その年の夏、息を引き取りました。あっという間の出来事でしたが、そのわずか数カ月の間に、さまざまなドラマをぼくたち夫婦に残してくれました。

その年、父は体調を崩し、一カ月間入院しました。当時、小学二年生だった正夫は、それが寂しかったのか、毎日、病院にいるおじいちゃんに手紙や絵を書き、夕方には父を見舞うぼくに、それを託しました。父はそのお土産をことのほか喜び、ぼくが行くのを楽しみに待っていました。父の枕元には瞬《また》く間に手紙や絵があふれ、そのことに気づいた看護師さんが、ある日それら全部をベッドの周りに貼《は》ってくれました。父は「楽しいベッドになった。正夫のおかげで元気になるわ」と、満面に笑みをたたえて喜びました。

担当医から聞かされていた病名はとても厳しいものでしたが、病院では不思議にも快適に過ごしていました。そこで、わが家へ帰り、自宅療養をすることになりました。父は自宅に戻れたことをとても喜びましたが、正夫にとっても、おじいちゃんの帰宅はうれしかったに違いありません。正夫は頻繁に父の部屋を覗《のぞ》き、父が起きていれば、ベッドの横に座って楽しそうに、いつまでも話していました。

父はそんな正夫の手を握り、「正夫はわしの命の恩人や。正夫が来てくれると、おじいちゃんは元気になるわ」と、繰り返し繰り返し話しかけました。正夫はその言葉がうれしくて、また足繁く父の枕辺へ通います。

「おじいちゃん、おじいちゃん」と言って父の部屋を訪れる正夫の姿、間もなく生涯を終えようとしている父の命、父と正夫の二人の光景がまぶしく尊く輝いて、ぼくの心に映りました。心と心、命と命が通い合う光景のあたたかさ、優しさを感じながら、二人の姿に不思議な絆《きずな》の世界を見て、ぼくはそのたびに胸を熱くしました。

そんな日々を過ごした数カ月後、父は亡くなりました。正夫にとって、おじいちゃんの死は、計り知れないくらい衝撃的な出来事だったでしょうが、病気と死の場面を共に過ごし、ひと回りもふた回りも大きくなったように感じます。

大好きなおじいちゃんから「正夫はわしの命の恩人や」と、シャワーを浴びるように毎日聞かされたのです。正夫の心には目に見えない宝物――きっとそれは自信や信頼や愛情のようなものが、大きく備わったのだと思います。

正夫は、父が亡くなった翌年の冬休みの書き初めで賞をもらい、作品が区の展覧会に出されました。学校から賞状をもらって帰ってくると、一番に父の霊前に供えました。

夏休みを迎えると、学校で早朝ラジオ体操があり、最終日には例年通り、お菓子やジュースが配られました。前年までは、父と一緒に参加し、父と一緒にジュースを飲んでいた正夫でしたが、この年はジュースを飲まずに持ち帰り、やはり父の霊《みたま》の前に供えてくれていました。ぼくが「おじいちゃん、うれしいだろうね」と言うと、「これは、おじいちゃんと一緒に飲んだほうがおいしいんだよ」と答えました。

もう、そのときから七年がたち、正夫も中学生になりましたが、いまでも時々、父の霊前にそっと置いてある通信簿や作品やお菓子などを見ると、正夫の心には、確かに父が生きているのだと確信します。体の成長とともに、受託したときに感じた心にぽっかりとあいた穴は、安心と愛情でしっかり満たされたように思います。

将太と孫と父

小学二年生の将太《しょうた》（仮名）がぐずっているときに、正夫が自分のおやつをさりげなく将太にあげている場面を時折、見かけます。また、正夫にとっては幼いテレビ番組ですが、将太をひざに乗せ、一緒に見てやったりしています。

正夫がいつの間にか、自らが愛情を受ける立場から、愛情をもたらすぼくたちの立ち位置にいることに気づき、うれしさが込み上げてきます。

父の大きくあたたかい応援を受けながら、愛着関係を築く日々を過ごしてきましたが、いまの正夫の姿に、その歳月の重みと父の思いをたっぷり感じます。

将太は多動傾向があり、感情のままに動いてしまいます。そのために学校や地域でも不適応行動が多く、そのたびに連絡を受け、ぼくか妻が相手方へ謝りに行く毎日でもあります。

もし父がいたら、どう言うだろうかと思いを馳《は》せ、空を見上げます。「まあ、ええがな」と笑い、「おまえたちが将太のことを心から謝らせてもらったらいいのや」とつけ足すでしょう。いまだに父の後押しを受けている未熟な里親です。

先日、家族がそろって食事をしているときに、娘夫婦の赤ちゃんが泣きだしました。将太が真っ先に箸《はし》を置き、ベッドの横に座って、毛布の上から小さくトントンとリズムを刻みました。その動きに家族中の視線が集まり、「すごいね将太、ちゃんとお兄ちゃんになれているね」と、口々に発する褒め言葉が将太に向けられました。将太の照れくさそうな顔を見ながら、「少しずつだが将太も成長している。父のように、のんびり力まず、自然体で、これからも心にぽっかりあいた穴に愛情を注いでいこう」と、妻と目配せをしました。

父が亡くなる直前、「また生まれ替わって帰ってくる」とぼくに言いました。それは教会の教職舎を建て替える工事の真っ最中で、その完成が間近に迫っていた時期と重なります。職人さんたちは、父に完成した姿を少しでも早く見せたいという思いから、急ピッチで工事をしてくれていました。その思いをぼくが父に伝えたときの言葉です。

父は、「ありがたいことやなあ。でも、そんなに急がんでもいいと、みんなに伝えてほしい。その気持ちだけで、わしは十分や。建物は、また新しい体を借りて生まれ替わってきたら、たっぷり使わせてもらうわ」と言いました。

いま、将太がにこやかにあやす孫を見ながら、もしかしたらこの孫は、父が生まれ替わって帰ってきてくれたのではないかと、ふと思いました。娘が将太の腕に、そっと赤ちゃんを抱かせました。「かわいいね」と、将太がにっこり笑います。わが家に帰ってきてくれた父が、今度はごく自然に抱かれながら、将太の心のぽっかりあいた穴に、無条件に愛を注いでいるようにも見えました。

関わりを持つ大勢の子どもや青少年たち。これからも家族を紡《つむ》ぎ、あたたかい人間関係のつながりを大切にしていきたいと思います。父のように、力まずに、「まあ、ええがな」「そんなときもある」と、自然体で受けとめながら……。

あとがき

子どもに対する痛ましいニュースが後を絶ちません。報道を見聞きするたびに、胸が引き裂かれるような思いになります。

いまもぼくたちの周りで、世界のどこかで、いたいけな子どもの命が危険にさらされていることを思うと、ただただ悲しさで胸がいっぱいになります。

何もできない自分に歯がゆさを感じながら、自分にできる精いっぱいのことを考えます。まず、ぼくたちにできることの一つ目が、本文中にも書いた「祈り」です。

祈りは、肉眼でその効果を確認することはできませんし、具体的でもなく、何か不確かで頼りないもののように思われます。でも、子どもたちの命や幸せのための祈りですから、人に伝わらないはずはない……、そう心に言い聞かせています。

祈りは、ぼくからあなたへ、あなたから隣の人へと伝わる力を持ちます。小さな家族から、住まう地域へ、社会へ、そして世界へと広がるはずです。人から人へと伝わりながら、人の心のなかにある欲やむごさが消え、感謝や慎《つつし》みの心、そして人と人とがたすけ合う心が芽生えてくると信じます。だから、いつの日か、つらいニュースがなくなる世界が来ることを信じて、これからも祈り続けたいと思います。

ぼくたちにできることの二つ目は、不思議な縁につながり合って出会う子どもたち、これから出会うかもしれない子どもたちを、精いっぱい見つめながら、愛情を込めて抱きしめて過ごすことです。

ぼくの周りには、日々子どもたちに起こるさまざまな出来事に向き合いながら、さらにぼくたち里親を支援してくださる児童相談所の方、懇意にしてくださっている児童養護施設の方、志を同じくする里親仲間、養育する里子たちを通して知り合う保育園や学校の先生方、地域で子どもたちがお世話になるPTAの方や、さまざまな活動を共にする方、学習ボランティアをしてくれている学生さんたちなどの存在があります。実に多くの方々の応援を頂きながら、子どもたちの養育に取り組めていることに、あらためて感謝しています。

祈りとともに、大勢の方々と関わりながら、これからも元気に陽気に心を込めて、養育に励みたいと思います。

今回、この本を出版するに当たり、日ごろから子どもたちと関わりを持ってくださる右記の大勢の方々と、拙文にもかかわらず、かわいいイラストを添えてくださった「颪のアトリエ」の遠藤真千子さん、道友社の佐伯元治さんと森本誠さん、そして最後までお読みくださった皆さま方に、心からお礼を申し上げます。

子どもたちと過ごす日々への感謝と、世界中の子どもたちの幸せを祈りながら……。

ありがとうございました。

平成二十六年五月五日

白熊繁一

白熊繁一（しらくま・しげかず）
昭和32年（1957年）、東京都生まれ。56年、ブラジル・サンパウロに設立された「天龍《てんりゅう》日語学園」の第1期講師として夫婦で3年間勤務。平成10年（1998年）、天理教中千住《なかせんじゅう》分教会長就任。15年、里親認定・登録。19年、東京保護観察所保護司を委嘱。21年、専門里親認定・登録。板橋区子ども家庭支援センター・里親ショートステイに登録。

家族《かぞく》を紡《つむ》いで

2014年7月1日　初版第1刷発行

著　者　白熊繁一

発行所　天理教道友社
〒632-8686　奈良県天理市三島町271
電話　0743(62)5388
振替　00900-7-10367

TENRIKYO DOYUSHA

印刷所　株式会社天理時報社
〒632-0083　奈良県天理市稲葉町80

ISBN978-4-8073-0585-8
定価はカバーに表示